DE
MON FRÈRE.

ÉLÉGIE

EN TROIS TABLEAUX.

Deux estions et n'avions qu'ung cœur.
Le Lay de maistre Yttin Marchant.

PARIS.

IMPRIMERIE DE A. BARBIER,

RUE DES MARAIS S.-G., N. 17.

1831.

AUX MANES

DE MON FRÈRE.

ÉLÉGIE EN TROIS TABLEAUX.

Aux Manes

DE MON FRÈRE.

ÉLÉGIE

EN TROIS TABLEAUX.

Deux estions et n'avions qu'ung cœur.
Le Lay de maistre Ytier Marchant.

PARIS.

IMPRIMERIE DE A. BARBIER,
RUE DES MARAIS S.-G., N. 17.

1831.

AUX MANES

DE MON FRÈRE.

ÉLÉGIE EN TROIS TABLEAUX.

LA PROMENADE.

Premier Tableau.

Triste, depuis deux jours, à travers les campagnes,
Dans les détours des bois, au sommet des montagnes,
Je promenais ma peine et mes vagues désirs,
Loin du fracas du monde et de ses vains plaisirs :
Au hasard des chemins, une peine inconnue
Faisait errer mes pas, mon esprit et ma vue.

Dans la plaine où l'Orin coule bordé de fleurs [1],

A l'ombre des noyers et des saules pleureurs,

Sur la rive où jadis à sa vague argentine

De détours en détours les flots de l'Aglantine [2]

Se mêlaient bruyamment, je vins goûter la paix,

Le murmure de l'onde et l'ombrage et le frais.

C'était un soir d'automne : amant de la nature,

Ce jour je vins jouir d'un reste de parure.

Qu'elle était belle alors sous son crêpe naissant!

Son deuil avait encore un aspect caressant.

Mais comment, cette fois, malgré de si doux charmes,

De mes yeux enchantés coulaient d'amères larmes?

Je cherchais, je fouillais dans le fond de mon cœur,

Hélas! je ne sentais qu'une sourde douleur.

Vers la côte on voyait la feuille jaunissante

De la ramée à terre aller toute mourante;

Sur les bords du ruisseau caressés du zéphir

Les roseaux attendris poussaient un long soupir,

Et leurs sommets légers, qui ployaient sous ses ailes,

Effleuraient l'onde verte et chassaient les moutèles [3];

Quelques nuages d'or tremblaient au fond des eaux;

Sur ma tête chantaient mille couples d'oiseaux

Que l'amour sous l'ombrage assemblait sans mystère;

Le plaisir animait leur troupe passagère;

De sa tige d'osier le tuï langoureux [4]
Répétait mollement son refrein douloureux.
Autrefois pour autant je pleurais de tendresse;
Mais non! j'avais dans l'âme une affreuse détresse;
Rien ne pouvait toucher mes sens ni mon esprit;
Ce jour était fatal..... Au ciel il fut écrit.....

Sur mes yeux tout-à-coup le sommeil jette un voile;
Le soleil me paraît n'être plus qu'une étoile :
Et déjà ma pensée, oubliant l'horizon,
Avec ma tête penche et dort sur le gazon.

LE PRÉSAGE.

Second Tableau.

Quel rêve affreux!... j'étais dans une forêt sombre,
La lune, d'un rayon perçait à peine l'ombre;
Les oiseaux de la nuit, pressant leurs cercles lourds;
Semblaient me menacer en poussant des cris sourds.
Dans le tronc d'un vieux cèdre un serpent se réveille;
De ses longs sifflemens il froisse mon oreille,
Et les échos voisins qui répètent ce bruit,
Aggravent le silence et l'horreur de la nuit.

Je marchais en tremblant sur une terre immonde,
Quand tout-à-coup je vois une lueur profonde :
Elle approche ; on eût dit un éclair orageux ;
Une large caverne alors s'offre à mes yeux ;
Je m'avance incertain vers cette grotte obscure.
Que vois-je?... un enfant... là, sur cette couche dure !
Il dormait... quel sommeil!... qu'il était séduisant !
Il n'avait près de lui qu'un petit ver luisant,
Dont les pâles rayons veillaient sur sa paupière ;
C'était parmi la mousse un diamant de lumière,
Une vive escarboucle où quelque rat-volant[5],
Venait jeter son aile en un rapide élan ;
Goutte à goutte le roc suait une onde pure,
Et la perle liquide arrosait la verdure ;
Des grenouilles au loin glapissaient en concert,
Tout était pittoresque en cet antre désert.
Je n'osais respirer, et j'étais en extase,
Quand un énorme bot, tout dégoûtant de vase[6],
Approche en bondissant cet être gracieux.
Il s'étendait sur lui, bavant, l'œil radieux,
Traînait partout son corps, sa hideuse basane,
Et rongeait sans pitié cette peau diaphane.
O rage!... j'étais là sans pouvoir faire un pas...
Pauvre enfant!... il pleurait, il me tendait les bras !

Sur sa lèvre crispait un pénible sourire.
Il m'appelle son frère : à ce mot il expire.
Le bot gorgé de sang vers moi semble approcher,
Un craquement subit ébranle le rocher;
La voûte retentit d'un bruit épouvantable,
Un fantôme cuivré, spectre énorme, effroyable,
Sort à travers le roc et s'avance à pas lent;
Dans l'air sa faux s'élève et s'ébranle un moment,
Puis, telle qu'un éclair enflammant l'atmosphère,
Siffle, tombe, étincelle, et vient raser la terre.
Alors un gouffre immense est ouvert sous mes pas;
Je veux fuir, mais sur moi le spectre étend son bras;
Puis étreignant ma tête avec sa main de glace,
Me suspend sur l'abîme et me jette en l'espace.
A ce coup je m'éveille. Il était déjà tard;
La plaine se cachait sous un léger brouillard,
Le crépuscule alors colorait le feuillage,
Les pâtres en chantant revenaient au village,
Quelques oiseaux encor se retiraient au bois,
La fauvette chantait pour la dernière fois,
Et du rameau qui tremble, élançant sa volée,
Elle s'enfuit au loin dans la sombre vallée.
Je me lève: à deux pas, un corbeau croassant
Part et monte à la nue; et son cri menaçant,

Annonçant son essor fait trembler le bocage ;
Alors, l'esprit frappé d'un horrible présage,
D'un pas silencieux, et plein d'un morne effroi,
Je gagne mon foyer, pâle et transi de froid.

LA MORT.

Troisième Tableau.

Mon pauvre frère!.... à peine avait-il dix-huit ans,
Sa figure brillait des traits les plus charmans,
Son aurore était belle; il était à cet âge,
Où l'aimable langueur, qui pâlit le visage,
Donne aux yeux tant de charme et parle à tant de cœurs!
Il était à cet âge où l'on verse des pleurs,
O pleurs délicieux!..... Sa paupière arrosée,
Payait à la nature une douce rosée.

Déjà dans ses yeux bleus on voyait chaque jour
Éclore, puis mourir un beau rayon d'amour,
Tel un œillet des prés en ouvrant sa corolle,
Scintille à son matin d'une blanche auréole;
Sa voix mélancolique avait des sons si purs,
Qu'elle aurait attendri les êtres les plus durs;
Son regard éclatant du feu de la jeunesse,
Exhalait de son cœur la puissante noblesse.
Le ciel l'avait doué d'un naturel heureux;
Il était vif, ardent, sensible et généreux,
Tendre comme l'agneau qui bêle à la colline
Quand son dos caressant vers la brebis s'incline.
Hélas! tant de vertus ne devraient point finir!
Pourquoi n'en reste-t-il souvent qu'un souvenir?
Cette fleur si jolie, à peine boutonnée,
Avant d'avoir été va se voir moissonnée :
Déjà ces yeux si doux, ces traits si séduisans
Présentaient chaque jour des signes alarmans,
Sa figure avait pris une teinte plus pâle;
On sentait par degrés s'affaiblir sa voix mâle.
Un jour, nous étions seuls, j'étais près de son lit:
Sa figure éprouvait un changement subit;
On y voyait encore une teinte de vie :
Mon frère..... me dit-il avec un air d'envie,

Que je suis malheureux!.... A peine dix-huit ans.....

N'avoir, et pour souffrir, hélas! que peu d'instans!.....

Il disait..... Et ses yeux roulaient deux grosses larmes;

Un tableau si touchant vous fait tomber les armes!

Je ne pus lui donner de la sécurité;

Ma douleur s'épanchait avec rapidité :

Il me tendit les bras et nos cœurs s'enlacèrent;

Nos soupirs confondus ensemble s'étouffèrent!

Cette heure si cruelle était pour nous des jours;

Cette heure vit encore, et je pleure toujours.

C'en était fait ainsi de cette âme si belle :

Le chien avait hurlé la funeste nouvelle;

Le malade a frémi, et, pour le soulager,

Déjà voici venir un plus noir messager :

De son noir ministère il a fait l'étalage;

Il a déjà chanté son lugubre ramage;

L'alcôve a renvoyé son refrein solennel;

Il a fallu répondre à ce refrein mortel.

Il est parti..... Soudain les cris sourds d'une mère,

Le désespoir d'un frère et les sanglots d'un père

Ont ébranlé les murs : on tire le rideau;

La maison tout entière est un large tombeau

Où l'on voit se traîner une famille pâle:

Et telle est de la mort la sentence fatale!

C'en est fait! Le voilà sourd à nos cris aigus!
Mon cher Auguste, adieu, tu ne nous verras plus!
Moi, je te parle encor : ton image charmante
Est toujours dans mon cœur, c'est ta tombe vivante!

NOTES.

—

¹ Orin. C'est un ruisseau qui prend sa source au pied d'une montagne du Jura, près de Poligny. On l'appelle ainsi parce qu'en sortant de la terre il fit jaillir des lames d'or.

² Aglantine. C'est un autre ruisseau qui prend sa source à l'extrémité de la ville de Poligny; il sort également au pied d'un rocher. Autrefois ces deux ruisseaux baignaient les murs de la ville; aujourd'hui ils vont se joindre à une demi-lieue dans la plaine.

³ Moutèles, petits poissons délicieux qu'on trouve en grande quantité dans l'Orin et l'Aglantine.

⁴ Tuï. Petit oiseau de rivière dont on ne peut mieux imiter le chant qu'en prononçant son nom.

⁵ Espèce d'oiseau qui tient de la chauve-souris et du rat.

⁶ Bot est le nom que l'on donne vulgairement dans mon pays au crapaud de la grosse espèce.

FIN.